IT

SYLLABAIRE

FRANÇAIS.

A REIMS,

Chez Dorigny, Libraire, r. de Tambour, 12.

1851.

ABCD
EFGH
IJKLMN
OPQRST
UVXYZ.

a b c d e f g
h i j k l m n o p
q r s t u v x y z.

a b c d e
f g h i j k
l m n o p q r
s t u v x y z.

ſ ﬀ ﬁ ﬃ ﬂ ﬄ

æœçéèêëïü

1234567890.

Ba be bi bo bu

Ca ce ci co cu

Da de di do du

Fa fe fi fo fu

Ga ge gi go gu

Ja je ji jo ju

La le li lo lu

Ma me mi mo

Naneninonu

Papepipopu

Rareriroru

Sa se si so su

Ta te ti to tu

Va ve vi vo vu

Xaxexixoxu

Za ze zi zo zu

Bla ble bli blo
blu, bra bre
bri bro bru.
Cla cle cli clo
clu, cra cre
cri cro cru.
Dra dre dri
dro dru.

Fla fle fli flo flu, fra fre fri fro fru.

Gla gle gli glo glu, gna gne gni gno gnu, gra gre gri gro gru.

Pha phe phi
pho phu, pla
ple pli plo
plu, pra pre
pri pro pru.
Qua que qui
quo quu.
Spa spe spi

spo spu, sta
ste sti sto stu.
Tha the thi
tho thu, tra
tre tri tro tru.
Vra vre vri
vro vru.

PRIÈRE.

† *Au nom du Pè-re, et du Fils, et du St-Es-prit.*
Ain-si soit-il.

No-tre pè-re qui ê-tes aux

cieux, que vo-
tre nom soit
sanc-ti-fié, que
vo-tre rè-gne
ar-ri-ve; que
vo-tre vo-lon-
té soit fai-te en
la ter-re com-

me au ciel ;
don-nez-nous
au-jour-d'hui
no-tre pain de
cha-que jour,
et par - don-
nez-nous nos
offen-ses com-

me nous par-
don-nons   à
ceuxquinous
ont offen-sés;
et   ne   nous
lais-sez   pas
suc-com-ber   à
la   ten-ta-tion ;

mais déli-vrez-
nous du mal.
Ain-si soit-il.

Je vous sa-
lue, Ma-rie,
pleinedegrâ-
ce, le Sei-gneur
est avec vous;

vous ê-tes bé-
nie en-tre tou-
tes les fem-
mes, et Jé-sus
le fruit de vos
en-trail-les est
bé-ni. Sain-te
Ma-rie, mè-re

deDieu,priez
pour nous,
pau-vres pé-
cheurs,main-
te-nant et à
l'heu - re de
no-tre mort.
Ain-si soit-il.

Je crois en
Dieu, le père
tout - puissant ,
le créateur du
ciel et de la
terre, et en Jé-
sus-Christ son
fils unique no-

treSeigneur, qui a été conçu du Saint-Esprit, qui est né de la Vierge Marie, qui a souffert sous PoncePilate, a été crucifié, est mort et a été enseveli, est descendu aux enfers, est ressuscité des morts le troisième jour, est monté aux cieux, est assis à la droite de Dieu, le père tout - puissant, et viendra de là juger les vivants et les morts. Je crois au Saint-Esprit, la Sainte Eglise catholique, la communion des Saints, la rémission des

péchés, la ré-
surrection de la
chair, la vie
éternelle.
Ainsi soit-il.

EXHORTATION.

MON cher enfant,
vous connaissez
vos lettres et vous sa-
vez épeler, il faut à

présent apprendre à lire : travaillez à cela avec courage pour devenir bon chrétien et raisonnable, en état de mettre ordre à vos affaires.

Dieu vous a créé pour le connaître, l'aimer et le servir, et par ce moyen arriver à la vie éternelle.

FIN.

Reims, Imp. de MARÉCHAL-GRUAT.

www.ingramcontent.com/pod-product-compliance
Lightning Source LLC
Chambersburg PA
CBHW061507170626
46811CB00004B/1638